2.80€

Sonja Marlin

Lieber Gott, du alter Schlingel...

Gedichte

VERLAG HANSEATISCHE EDITION

Herbert

Lieber Gott, was tun die Winde
immer dann, wenn sie nicht wehn...
Und was wird aus all den Träumen,
die nicht in Erfüllung gehn...

Wo verwahrst du die Geschichten,
die das Leben nun mal schreibt...
Doch am meisten möcht ich wissen,
wo mein Herbert wieder bleibt!

Männer!

Rate mal, woran ich dachte,
als ich heute früh erwachte?
Ah... du weißt es. Sieh mal an!
Gott, man merkt, du bist ein Mann!

Im siebten Himmel

Ach, ich kann es gar nicht fassen!
Welch ein Glück, er liebt mich doch!
Wieso hab ich plötzlich Flügel?
Lieber Gott, ich leb doch noch.

Lieber Gott,

alles was in meiner Macht steht,
ist doch klar, daß ich das tu.
Das, was nicht in meiner Macht steht,
bitte, das erled'ge du!

Liebesgewitter

Liebe ist... wenn's blitzt und donnert,
wenn die Bäume sich entwurzeln,
Felsen durch die Lüfte sausen,
Sterne auf die Erde purzeln.

Liebe ist... sich ganz zu öffnen,
sich mit allen Schwächen zeigen.
Wenn Gedanken plötzlich singen
und Gitarren dazu schweigen.

Siebtes Gebot

Lieber Gott, ich hab dich wirklich
noch nicht oft um was gebeten.
Darf ich eines der Gebote
mal ein bißchen übertreten?

Du, der Mann von meiner Freundin,
mit dem würd' ich gern mal wollen...
Was, das geht nicht? Ach, ich merk schon,
hätte dich nicht fragen sollen.

Schlingel

Lieber Gott, du alter Schlingel,
gabst mir eine Menge Stärken,
und du tarntest sie als Schwäche.
Dachtest du, ich würd's nicht merken?

Mann, oh Mann

Lieber Gott, du schufst die Männer,
um die Frauen zu bestrafen.
Und dann schufst du noch die Babies,
daß die Mütter nicht verschlafen.
Doch dann kamen die Emanzen,
die nach keiner Pfeife tanzen.
Ja, und diese schufen dann
einen völlig neuen Mann.
Wie ich hör', ist er perfekt.
Ich weiß nur nicht, wo er steckt.

Immerdar

Danke, lieber Gott, für alles,
was mich bisher glücklich machte,
und daß du mich auch beschützt hast,
wenn ich gar nicht an dich dachte.

Nächstenliebe

Lieber Gott, an manchen Tagen,
muß ich dir ganz ehrlich sagen,
platzt mir fürchterlich der Kragen,

und da muß ich mit mir ringen,
denn es könnte mir gelingen,
meinen Nächsten umzubringen,

den ich - ich versteh dich voll -
wie mich selber lieben soll.
Lieber Gott, da wär es toll,

könntest du in deiner sachten
und so wunderbar bedachten
Art besonders auf mich achten.

Zwick mich

Lieber Gott, gib mir ein Zeichen,
wenn die Sterne günstig stehn,
denn ich kann das von hier unten
nicht so richtig deutlich sehn.

Zieh mich einfach an den Ohren
oder zwick mich sonstwohin,
nur, daß ich, wenn mir das Glück naht,
möglichst ausgeschlafen bin.

Allein zu zweit

Ich habe grad daran gedacht,
als wir allein zu zweit...
du warst so süß in dieser Nacht.
Wann hast du wieder Zeit?

Vor Sehnsucht, da zerspring ich noch
in tausend Stücke, glaube mir.
Dabei wär ich viel lieber doch
in einem Stück bei dir.

Teilweise

Lieber Gott, ich wüßte gerne,
ob ich dir wohl noch gefalle
ohne Blinddarm, ohne Mandeln
und nun auch noch ohne Galle.

Oder hast du mich womöglich
nun noch lieber als bisher?
Wenn das so ist: Alle Zähne
habe ich schon lang nicht mehr.

Alles Liebe

Wenn Liebe Schwäche ist,
dann bin ich schwach.
Wenn Liebe Stärke ist,
dann bin ich stark.
Wenn Liebe gar nichts ist,
dann bin ich nichts.
Wenn Liebe alles ist,
dann bin ich alles.

Genug ist genug

Sagtest du, wer viel gelitten,
der versteht auch viel? Wie klug.
Aber findest du nicht selber:
Ich verstehe nun genug?

Klönschnack

Lieber Gott, so ist das immer:
Lieg' im Bett, muß plötzlich gähnen,
und dann komm ich, statt zu beten,
wieder nur mit dir ins Klönen.

Allerdings hab ich den Eindruck,
es gefällt dir gar nicht schlecht.
Manchmal spüre ich es förmlich,
wie du lächelst. Hab ich recht?

Ich und du

Das große "D" verliebte sich
unsterblich in ein kleines "u".
Sie trafen sich, und so entstand
vor langer Zeit das Wörtchen "Du".

Ein "I", das eifersüchtig war
(es fand sich häßlich so als Strich),
nahm mit Gewalt gleich "c" und "h",
und so entstand das Wörtchen "Ich".

Das "Ich" ist immer noch recht krank
und findet keine inn're Ruh.
Es hat jedoch zum Glück erkannt:
Die Heilung liegt allein im "Du".

Lieber Gott,

wenn ich in mein Unglück renne,
merk ich stets, es tut dir leid.
Du bemerkst es doch viel früher,
sag mir einfach ehr Bescheid!

Der Reiz der Hölle

Jeder möchte in den Himmel.
Mich als guten Menschenkenner
könnte auch die Hölle reizen:
Sicher sind da viel mehr Männer.

Denkste!

Lieber Gott, wem soll ich glauben,
meinem Boß... hm... oder dir...
Er meint, Arbeit sei das Höchste.
Stimmt nicht? Siehst du. Dacht' ich mir.

Sonne, Mond und Sterne

Im siebenten Himmel schwebe ich,
weil du mich so beflügelt hast.
Die ganze Welt erlebe ich
so als gehörte sie mir fast.

Die schönsten Sterne schenk ich dir,
die Sonne und den Mond dazu.
Ich brauche doch, so denk ich mir,
das alles nicht. Mein Licht bist du.

Nachtgebet

Lieber Gott, mir spukt ein kleiner
und so richtig schön gemeiner
Racheakt im Kopf herum.
Bitte, nimm es mir nicht krumm,
denn im Geist wen zu bestrafen,
hilft mir manchmal einzuschlafen.

As im Ärmel

Lieber Gott, du darfst bestimmen,
wie es weitergehen soll,
denn du hast im Spiel des Lebens
oft Ideen, ganz wundervoll.

Vieles war für mich zum Besten,
was mir anfangs nicht gepaßt.
Und ich spür, daß du für mich noch
einen Trumpf im Ärmel hast.

Von der kleinen Ratte mit dem großen Liebeskummer

Es war mal eine kleine Ratte,
die großen Liebeskummer hatte.
Der Ratterich, den sie verehrte,
nach dem sie sich so sehr verzehrte,
der ratterte mit einer andern.
Drum sah man sie zum Bahnhof wandern,
wo sie sich auf die Gleise legte.
Nur ein Gedanke sie bewegte:
"Kann ich den EINEN nicht ergattern,
dann soll ein Zug mich überrattern."
So starb sie glücklich und zufrieden,
weil ihr ein Rattern noch beschieden.

Beistand

Lieber Gott, wo warst du gestern,
als ich in der Klemme steckte...
oder neulich, als der Brief kam,
der mich fürchterlich erschreckte?

Ach verzeih, ich will nicht meckern,
wenn mich auch manch Unglück quälte.
Schließlich warst du in der U-Bahn,
als mir dieser Fahrschein fehlte.

Guck mal weg

Lieber Gott, mach jetzt am besten
schnell mal deine Augen zu,
denn was ich hier gerade vorhab',
wird dir nicht gefallen, du.

Neulich hat mich wer geärgert,
der kriegt jetzt eins von mir drauf.
Ha, dem hab' ich es gegeben!
So - nun mach sie wieder auf!

Lieber Gott, in meinem Magen
hat es eben so gezuckt.
Darum möcht ich dich mal fragen:
Hast du vielleicht doch geguckt?

Einzigartig

Es war doch nichts Besonderes...
ein kleines Kompliment,
ein Lächeln, mal ein frecher Blick...
halt wie man das so kennt.

Schon mehr als tausendmal erlebt,
das Spielchen "Er und Sie".
Und wieder denke ich: Oh je,
nein, so war es noch nie.

Taube

Wem fiel der dumme Spruch nur ein:
Der Spatz, der in der Hand,
soll besser als die Taube sein,
die auf dem Dach...? Wie hirnverbrannt!

Es kommt zu der Erkenntnis eh'r,
wer Lebenskunst betreibt:
Die Spatzen fliegen hin und her.
Die Taube aber bleibt.

Katerjammer

Oh mein Gott, wie ist mir komisch,
liegt das irgendwie am Wein?
Oder könnte das... ich meine...
kann es von der Liebe sein?

Morgen wird es sich ja zeigen.
Hoffentlich, mein güt'ger Vater,
krieg ich keinen Katzenjammer,
dann schon lieber einen Kater.

Tagesthemen

Lieber Gott, wieviele Menschen
haben nicht genügend Brot.
Kinder sterben, Mütter leiden.
Auf der Welt ist so viel Not.

Und ich frage mich verzweifelt,
wie das nur geschehen kann.
Manchmal denke ich, du guckst dir
nie die "Tagesthemen" an.

Herzilein

Lieber Gott, du kennst doch Thomas.
Das ist der mit diesem Lachen.
Und dem alle hübschen Frauen
ständig schöne Augen machen.

Ich bin nicht die Allerschönste,
dafür heiter im Gemüt.
Mach doch bitte, daß mich Thomas
mehr mit seinem Herzen sieht.

Prinzip Hoffnung

Sag, wie kann ich Glück empfinden
trotz des Elends in der Welt...
Welche ungeheure Kraft
ist's nur, die mich aufrecht hält.

Du bist da!

Lieber Gott, es muß dich geben.
Einmal war ich ganz am Ende.
Glaubte ich.
Da nahm mein Leben
eine wunderbare Wende.

Angst vorm Fliegen

Lieber Gott, von allen Fragen,
die es gibt auf dieser Erde,
interessiert mich die am meisten:
Ob ich mal ein Engel werde.

Da die Engel in der Regel
durch die Himmelsräume fliegen,
muß ich unbedingt bis dahin
meine Höhenangst besiegen.

Oder kann ich mich im Notfall
in die Hölle auch begeben?
Du, solange das nicht klar ist,
schwöre ich, bleib ich am Leben!

Das Krokodil in der Seele

Lieber Gott, in meiner Seele
schwimmt ein kleines Krokodil.
Das will wachsen, sich entfalten,
und es frißt entsetzlich viel.

Alles möchte es verschlingen,
was die Welt zu bieten hat.
Wird das Tier in meiner Seele
vielleicht irgendwann mal satt?

Wer, was, wie

Was mir an einem Mann gefällt,
so recht erklären kann ich's nie.
Es ist doch niemals nur das "Was",
es ist doch meistens mehr das "Wie".

Lieber Gott,

du hast Mann und Frau erschaffen,
die Bananen und die Affen.
Und du hast auch nicht vergessen:
Einer ist des andern Fressen,
einer ist des andern Feind.
Daß du es nicht gut gemeint,
will ich dir nicht unterstellen.

Allerdings in manchen Fällen
zweifle ich an deiner Güte,
denn in deiner Wundertüte
kann ich auch die Liebe sehen,
aber damit umzugehen,
lehrtest du uns mangelhaft.
Da verließ dich wohl die Kraft?

Dankeschön!

Ist der Mensch in großen Nöten,
fängt er oftmals an zu beten.
Dabei hilft doch - unbestritten -
Danke sagen mehr als bitten.

Kummerspeck

Lieber Gott, um irgendetwas
sorge ich mich leider immer,
denn wenn ein Problem gelöst ist,
kommt ein neues, das oft schlimmer.

Da sich mein Problem von morgen
nicht genau vorhersehn läßt,
halt ich meinen heut'gen Kummer
lieber noch ein bißchen fest.

Lieber Gott,

warum sind die andern immer
alle glücklich und ich nicht?
Was, das stimmt nicht? Meinst du wirklich,
ich hab nur 'ne falsche Sicht?

Andre haben auch Probleme,
sie behalten's nur für sich?
Und sie fühl'n sich oft genauso
einsam und allein wie ich?

Danke, daß du mir das sagtest.
Ach, die andern tun mir leid.
Eigentlich geht's mir ganz prächtig.
Heh, ihr Leute, nur kein Neid!

Normal

Du hältst deine Hände über
die Gesunden und Bedrückten,
die Normalen und Verrückten,
doch die Ansichten darüber,
wer normal ist, Gott, mein lieber,
meinst du nicht, daß die verzerrt sind,
weil die Falschen eingesperrt sind?

Olaf!

Ich bin so verliebt in Olaf,
leider bin ich nicht sein Typ.
Mach, daß Olaf sich da ändert,
lieber Gott, das wäre lieb.

Lieber Gott,

du hast doch die Zeit erfunden.
Ich verzweifle daran bald.
Schön, sie heilte manche Wunden,
doch sie machte mich auch alt.

Kannst du sie nicht anders schalten?
Warum - das ist mir nicht klar -
hast du sie nicht angehalten
einmal, als ich glücklich war?

Und warum muß sie so schleichen,
grade, wenn mich was bedrückt?
Ist das nicht ein sichres Zeichen,
daß die Zeit nicht richtig tickt?

Lieber Gott, wie schwer erträglich
hast du nur die Zeit gemacht.
Oder hast du dir womöglich
irgendwas dabei gedacht?

Herz, Schmerz

Ich hab das nicht gewollt.
Du darfst mir nicht die Schuld zuschieben.
Es war nicht so gemeint.
Ich wollt mich nicht in dich verlieben.

Ich wollte etwas Spaß.
Es war von mir nur so ein Gag.
Dann war da dies Gefühl...
Nun geht es nicht mehr weg.

Gratis

Ein Mann, der mich zum Lachen bringt,
und dem auch noch der Trick gelingt,
daß ich mich wie verzaubert fühl,
der hat mit mir ein leichtes Spiel,
denn er kriegt, wenn er nicht drängt,
mich einfach ganz und gar geschenkt.

Nachtgebet

Lieber Gott, du bist mir wichtig.
Seit ich dich mit einbeziehe
in mein Denken und mein Handeln,
macht mein Leben wen'ger Mühe.

Man muß erst mal auf dich kommen!
Du bist wirklich ganz famos,
denn allein mit deiner Hilfe
laß ich meine Sorgen los.

Öffne mich für alles Schöne,
das in Strömen zu mir fließt.
Und ich glaube, du bist glücklich,
wenn du meine Zeilen liest.

K(n)opfdruck

Lieber Gott, wo sind die Knöpfe,
die zum Schalten und zum Drücken,
um die Welt, wenn sie mal schiefhängt,
wieder richtig hinzurücken?

Ach, du meinst, ich soll die Welt nicht
immer aus den Angeln heben,
wenn's mir mal ein bißchen gutgeht?
Gott, ich möchte doch nur leben.

Hast du dir nicht die Gefühle
von uns Menschen ausgedacht?
Wer hat denn die Welt so schwierig
und so wackelig gemacht?!

Anlehnungsbedürftig

Ach, fiele ich doch auf dich rein,
dann könnte ich das "Schicksal" nennen.
Ich würde nur zu gern mit dir
so richtig schön ins Unglück rennen.

Dann könnte ich bei jedem Frust
von ganzem Herzen dich verfluchen
und müßte nicht die ganze Schuld
nur immer bei mir selber suchen.

Eile und Weile

Lieber Gott, kannst du mich fühlen?
Meine Füße sind ganz kalt.
Und mein Kopf? Ich hab wohl Fieber,
und mein Herz hat einen Spalt.

Guck mal hin, kannst du erkennen,
ob mein Herz allmählich heilt?
Es braucht Zeit? Das sagst du immer,
grade wenn's besonders eilt.

Spieglein, Spieglein…

Es wird nicht, wie viele meinen,
alles schlechter mit den Jahren.
Nur die Spiegel, die sind wirklich
nicht mehr, was sie einmal waren.

Hoffen und Harren...

Lieber Gott, ich sah die Sonne!
Gestern auf der Wetterkarte.
Heute soll sie bei uns scheinen.
Bin ganz aufgeregt. Ich warte.

Und ich schaue aus dem Fenster...
Und ich warte... und ich warte...
na, ich seh sie sicher wieder
abends auf der Wetterkarte.

Liebesgedicht an ein Haarwaschmittel

Du hast sowas Beständiges
und trotzdem so Lebendiges.
Du bist so sanft und gibst mir Halt,
und irgendwann, ich glaub, schon bald,
verrat ich, weil's die Wahrheit ist,
daß du mein Lieblings-Shampoo bist.

Locker bleiben!

Mancher hebt mich in den Himmel,
nur, weil ich Gedichte schreibe.
Lieber Gott, du wirst schon sorgen,
daß ich auf dem Teppich bleibe.

Jede dritte

Lieber Gott, erklär mir bitte,
warum heute jede dritte
Ehe einfach so zerbricht.
Und noch eins versteh ich nicht:
Warum ('s ist doch sonderbar)
meine grad die dritte war...

Hoch und tief

Ein Hamster und ein Regenwurm,
die treffen sich vorm Fernsehturm.
"Wie kommt man bloß", sinniert der Wurm,
"ganz hoch hinauf auf diesen Turm?"

"Ich weiß was", sagt der Hamster munter,
"wir gehn nicht rauf, wir hol'n ihn runter."
"Wie das", fragt da der Wurm ganz dumm.
"Ich nag' ihn an, dann fällt er um."

Der Regenwurm voll Freude nickt.
Da kommt ein Vogel und der pickt
den Wurm mit seinem Schnabel auf
und fliegt mit ihm ganz hoch hinauf.

Der kleine Hamster guckt erschrocken
den beiden nach und meint ganz trocken:
"Dem Wurm wird hoffentlich noch klar,
daß mein Vorschlag der bessre war."

Nichts zu machen

Lieber Gott, es ist mir peinlich,
doch ich sag es einfach mal:
Ich mag Kitsch und ich mag Schnulzen,
und ich bin sentimental.

Zwar nicht immer, aber manchmal.
Lieber Gott, lach mich nicht aus.
Diese albernen Gefühle
woll'n dann unbedingt heraus.

Und ich will sie unterdrücken,
doch dann kommen sie verstärkt.
Lieber Gott, mach bitte, bitte,
daß der Leser es nicht merkt.

Lieber Gott,

du hast mir zum Überleben
eine Menge Witz gegeben.
Doch ich glaub', du wußtest auch,
daß ich ihn verdammt gut brauch'.

Plötzlich

Ich seh so viele tolle Männer
heut schon den ganzen Tag, oh je!
Wie kommt es, daß ich grade heute
so viele tolle Männer seh?

Wo war'n sie gestern, letzte Woche?
Ich halte das im Kopf nicht aus:
Wenn's einem sowieso schon gut geht,
dann komm'n sie plötzlich alle raus!

Fragen

Lieber Gott, was macht das Feuer,
wenn es nicht gerade brennt?
Und was macht der Herbst im Frühling,
wo ihn sicher keiner kennt?

Da sind Fragen über Fragen,
die mir durchs Gemüte ziehn.
Wie mir, als ich noch nicht lebte,
doch die Welt so einfach schien.

Verwirrspiel

Thomas, Rainer, Kai, Andreas...
Wie mir die Gedanken schwirren.

Lieber Gott, du schufst die Männer
eigens, um mich zu verwirren.

Küssen oder nicht

Lieber Gott, ich könnt dich küssen,
wärst du irgendwie zu fassen,
doch du bist es nicht, so müssen
wir das Küssen eben lassen.

Üben, üben

Meinen Nächsten so zu lieben
wie mich selbst, ist ganz schön schwer.
Meistens - muß ich dir gestehen -
lieb ich mich ein wenig mehr.

Manchmal zu sehr einen and'ren,
was dann Katzenjammer gibt.
Das war nämlich auch nicht richtig,
denn dann hab ich mich ver-liebt.

Lieber Gott, das mit dem Lieben
muß ich noch ein bißchen üben.

Was mach ich richtig?

Heiter bin ich und gelassen.
Nehm' mich selber nicht so wichtig.
Mir gelingt ganz einfach alles.
Lieber Gott, was mach ich richtig?

Die Flucht

Ein Mensch saß in der Sofaecke
und starrte traurig an die Decke.
Da kam ihm plötzlich die Idee:
Was ist, wenn ich nach draußen geh,
um dieser Decke zu entkommen,
bevor sie Kurs auf mich genommen
und noch auf mich herunterprasselt.
Er ging und wurde angequasselt
von seiner Nachbarin, Frau Stroh,
die auch vor ihrer Decke floh.

Inzwischen sehen sie sich täglich,
und eine Flucht ist nicht mehr möglich.

Eins, zwei, drei im Sauseschritt...

Lieber Gott, wie ist es möglich,
fühl mich völlig überrannt:
Dieses neue Jahr so plötzlich!
Hab das alte kaum gekannt.

Früher war ein Jahr doch länger.
Es besaß auch viel mehr Charme.
Heute eilt die Zeit vorüber,
man wird kaum noch mit ihr warm.

Mann meiner Träume

Lieber Gott, in meinen Träumen
geistert immer so ein Mann,
den ich aber - und das weißt du -
leider niemals haben kann.

Kannst du ihn nicht mal entfernen,
denn ich seh nichts andres mehr.
Wie, ich muß das selber schaffen?
Lieber Gott, es ist so schwer.

Schick mir einfach andre Träume!
Ja, o.k., ich bin schon still.
Hast ja recht, wenn du behauptest,
daß ich's gar nicht anders will.

Gefühl versteckt

Ich habe ein Gefühl für dich,
das nimmt mir keiner weg.
Ich habe dafür so ein ganz
besonderes Versteck.

In meinem Herzen halt ich's fest,
beobachte gebannt,
wie's sich gefangenhalten läßt
und doch die ganze Welt umspannt.

Lieber Gott...

Als ich heute früh erwachte
und an gestern abend dachte
und so meine Sorgen zählte,
merkte ich, daß eine fehlte.

Und ich ahnte ganz verschwommen,
du hast sie mir weggenommen.
Ist nicht schlimm, es war zwar meine,
allerdings nur eine kleine.

Und um dieses Loch zu flicken,
wirst du mir 'ne größre schicken,
du läßt mich doch nicht im Stich! -
So allmählich kenn ich dich.

Der Seufzer auf der Palme

Lieber Gott, von allen Dingen,
die mich auf die Palme bringen,
macht mich eins besonders sauer:
Hält sich jemand stets für schlauer,
macht er gar mit Vehemenz,
lieber Gott, dir Konkurrenz!
Wie kannst du - ich kann's nicht fassen -
dir das nur gefallen lassen!

Winter rein nicht raus

Der Winter steht nun vor der Tür,
Hol'n wir ihn rein? Ich bin dafür.
Denn ließen wir ihn draußen stehn,
um ungerührt ins Bett zu gehn,
er würde uns nur unsanft wecken
und durch die Hintertür erschrecken.

Trost

Lieber Gott, du mußt mich trösten,
denn sonst tröstet mich ja keiner.
Nein, es ist nicht wegen Günter,
diesmal ist es wegen Rainer.

Weißt du noch, was er mir damals
in der Neujahrsnacht versprach?
Ach, du meinst, das war Kai-Uwe?
Gut, ich denke noch mal nach.

Gedanken beim Einschlafen

Lieber Gott, versuch zu schlafen.
Schließlich - wie ich das so seh -
brauchst du auch mal deine Ruhe.
Und ich bin heut ganz o.k.

Ich vergaß: Mein Nachbar war sehr
deprimiert, als wir uns trafen.
Und im Fernseh'n diese Bilder...
Lieber Gott, du <u>darfst</u> nicht schlafen!

Sonja Marlin

wurde 1942 in Magdeburg geboren und ist in Schleswig-Holstein aufgewachsen. Sie hat einen erwachsenen Sohn und lebt in Hamburg. Seit 1959 schreibt sie Gedichte.

1. Auflage 1993
2. Auflage 1994
3. Auflage 1996
4. Auflage 1997

HANSEATISCHE EDITION GMBH
Mühlenkamp 31
22303 Hamburg
Telefon: 040/279 10 05

Illustrationen
Christian Wülfken

ISBN 3-921 554-74-8

Sonja Marlin
MIT ZÄRTLICHER GEWALT
Gedichte

Liebe ist ...
... etwas zwischen Frau und Mann, das man nicht verhindern kann.

ISBN 3-921 554-72-1
DM 16,80

Sonja Marlin
LIEBER GOTT, DU ALTER SCHLINGEL
Gedichte

Gedichte über Gott, die Welt, die Menschen und die Verzwicktheit ihrer Gefühle.

ISBN 3-921 554-74-8
DM 16,80

Sonja Marlin
MÄRCHENPRINZ UND GUMMIBÄR
Gedichte

Verse über Höhen und Tiefen der Mann-Frau-Beziehung zum Erheitern und Wiederaufrichten.

ISBN 3-921 554-70-5
DM 16,80

Sonja Marlin
DAS GLÜCK IST WIE EIN SCHMETTERLING
Gedichte

Glück und Schmerz, Lachen und Weinen – Gefühle sind wie Schmetterlinge.

Ein Muß für jeden Sonja Marlin Freund.

ISBN 3-921 554-76-4
DM 16,80

Sonja Marlin
VON MENSCHEN, SCHWEINEN UND DEM LIEBEN GOTT
Gedichte

Himmelhochjauchzend – zu Tode betrübt, alltägliche Unzulänglichkeiten ... und immer wieder das Lachen.

ISBN 3-921 554-80-2
DM 16,80

HANSEATISCHE EDITION GMBH, Mühlenkamp 31, 22303 Hamburg, 040/279 10 05

Ingrid Schade
SCHMETTERLINGE IM BAUCH
Gedanken – Texte – Gedichte

Worte einer jungen Frau zur Erfrischung der Seele und Belebung der Gedanken, Gefühle, Hoffnungen.

ISBN 3-921 554-71-3
DM 16,80

Lutz Ackerman (Hrsg.)
WARMER REGEN AUF MEINER HAUT
Liebesgedichte aus der NDR 2-Sendung „Sweet, Soft and Lazy“

Keine Spur von zeitgemäßer Nüchternheit: Liebe – Himmel und Hölle, süß und bitter, wunderbar, verrückt.

ISBN 3-921 554-53-5
DM 16,80

Bernd Schröder
... WER TRÄUMT LEBT, LEBT NOCH ...
Texte zum Anfassen

Lyrische Texte müssen nicht sein, was weit entfernt ist, entrückt – sondern offene Worte, verständliche Poesie zu Empfindungen in uns.

ISBN 3-921 554-39-X
DM 16,80

Bernd Schröder
SPÜREN, DASS ES UNS GIBT!
Gedanken – Texte – Gedichte

Texte zu ewig alten und immer neuen Gefühlen: Zärtlichkeit und Liebe, Schmerz und Trennung.

ISBN 3-921 554-73-X
DM 16,80

HANSEATISCHE EDITION GMBH, Mühlenkamp 31, 22303 Hamburg, 040/279 10 05